Anu Stohner · Henrique Wilson
La oveja Carlota

Para ti, ¿para quién si no?   H.W.

Para Nina.... A.S.

Anu Stohner Enrique Wilson

La oveja Carlota

Lóguez

Nadie sabía por qué Carlota era distinta a todos los demás. Pero lo fue desde el principio. Mientras los demás corderos se quedaban tranquilamente…

… al lado de sus madres, Carlota brincaba sobre palos y piedras. Charly, el viejo perro guardián, le enseñaba a veces los dientes. Pero ella no le tenía miedo.

En una ocasión, nadie sabía dónde estaba Carlota y el pastor la encontró subida a un árbol. Charly quería hacerla bajar a ladridos, pero Carlota prefirió seguir un ratito allí arriba y después bajó por sí misma.

"Ts-ts-ts-", hicieron las viejas ovejas. "Ya veremos cómo termina".

Y, sin embargo, sólo acababa de empezar. En otra ocasión, corrió hacia abajo por la pronunciada pendiente para nadar en las aguas del turbulento arroyo.

"Ts-ts-ts-", hicieron las viejas ovejas agitando sus cabezas. "Ts-ts-ts".

No mucho después, Carlota ascendió a la cortante peña, donde nunca antes se había atrevido a subir ninguna oveja.

"¡Oh, oh, oh", exclamaron las viejas sin apenas atreverse a mirar porque les daba vértigo.

Otro día, encontraron a Carlota a la orilla de la carretera viendo pasar los peligrosos coches. Todas le preguntaron por qué hacía aquello. Pero ella no quiso decirlo.

"¡Uy, uy, uy!", dijeron las viejas. "¡Ay, ay, ay!"

¡Qué habrían dicho si hubieran sabido que Carlota se paseaba
de noche por los alrededores! Cuando los demás dormían…

… ella se escapaba silenciosamente a su lugar preferido a contemplar la luna.
Ni siquiera Charly se enteraba. Su oído ya no era el mejor.

Y en otoño, cuando los días se vuelven más cortos y las noches más oscuras, sucedió la desgracia: El pastor se torció un tobillo y no podía andar. Ni un solo paso. Charly ladraba, dando vueltas alrededor, pero, lamentablemente, no servía de nada. El pastor se recostó en la hierba y no sabía qué hacer.

"¡Qué desgracia, qué desgracia!", dijeron las viejas. "Alguien tiene que bajar al valle, a casa del granjero, a buscar ayuda". "Tiene que ir Charly". "Es el único que conoce el camino". "Pero el camino es demasiado largo para él. Ya apenas si consigue dar una vuelta alrededor del rebaño". "También es cierto". Así hablaban las viejas y movían la cabeza.

Entonces habló Carlota. "Yo lo haré. Yo iré". 🐑 "¿Carlota?". 🐑 "¿La pequeña salvaje?". 🐑 "¡Imposible!". 🐑 "Jamás una oveja ha bajado sola al valle". 🐑 "¡Ni se le ocurra!".

Las viejas estaban fuera de sí. Aunque Carlota hacía rato que no las oía. Se encontraba en la encina grande y miraba atentamente para acertar con el camino.

Pasó por encima de palos y piedras....

… atravesó el turbulento arroyo …

... y ascendió por las empinadas rocas.

Oscureció …

… y era noche cerrada cuando llegó a la carretera. Se colocó en la orilla mirando hacia los peligrosos coches que venían de frente y cuyas luces brillaban. También los ojos de Carlota brillaban.

Y un camionero, que iba hacia Villaoveja, vio los brillantes ojos y
se detuvo. "¿Al valle?", preguntó amablemente.
Carlota asintió.

Fue bonito viajar en camión en la noche y Carlota casi se puso
triste al tener que bajarse.

"¡Que te vaya bien!", dijo el amable camionero.
¡A ti también!, pensó Carlota. Y el camionero asintió.

El granjero ya dormía cuando Carlota golpeó con la nariz en el cristal.

"¡Una oveja!", dijo la granjera, que fue la primera en despertar.

"¡Carlota!", dijo el granjero. "Completamente sola. Eso significa algo".

El granjero y Carlota subieron en el tractor hasta el rebaño. Cuando llegaron, el pobre pastor seguía recostado en la hierba. El granjero lo llevó aquella misma noche al hospital.

Durante tres semanas, el pastor tuvo la pierna escayolada. Después volvió con las ovejas. "Es que ya no es el más joven", dijeron las viejas 🐑. "Lo mismo que Charly." 🐑 "Ts-ts-ts. Veremos cómo termina".

"Mientras Carlota vigile…". 🐑 "También es cierto".
Así hablaban y movían las cabezas.
¿Y Carlota?

Llevaba en ese momento a Charly hasta su lugar preferido.

Anu Stohner nació en 1952 en Helsinki y actualmente vive como traductora y autora independiente en Munich. *Anu Stohner* ha sido distinguida repetidamente por sus traducciones del finlandés, sueco e inglés al alemán.

Henrique Wilson nació en 1961 en Colonia, estudió diseño gráfico en su ciudad y pintura en EE.UU. Actualmente vive como ilustradora en el Taunus. Ha ilustrado *Todo lo que deseo para ti*, de Jutta Richter, publicado en Lóguez.

Esta obra ha sido publicada con una subvención de la Dirección General del Libro, Archivos y Bibliotecas del Ministerio de Cultura, para su préstamo público en Bibliotecas Públicas, de acuerdo con lo previsto en el artículo 37.2 de la Ley de Propiedad Intelectual.

Título del original alemán: *Das Schaf Charlotte*
traducido por L. Rodríguez López
© 2005 Carl Hanser Verlag München Wien
© para el español: Lóguez Ediciones
Carretera de Madrid, n° 128 Apdo. 1. Tfno. (923) 13 85 41
37900 Santa Marta de Tormes (Salamanca) 2010
ISBN: 978-84-96646-56-8
Depósito Legal: S. 1.092-2010
Printed in Spain
Gráficas Varona, S.A. (Salamanca)

www. loguezediciones.es